A QUI
LE FAUTEUIL?

OU

REVUE MICROSCOPIQUE DE NOS AUTEURS ;

En l'An de Grâce 1817.

SATYRE,

SUIVIE

D'ECCE HOMO,

PAR SPHODRÈTIS. *(P. Laigneau du Romeray)*

Et pour un que je veux, j'en trouve plus de mille.
Boil. Sat. 7.

A PARIS,

Chez { DELAUNAY,
PETIT,
DALIBON,   Libraires au Palais-Royal, Galeries de bois.

1817.

DE L'IMPRIMERIE D'ABEL LANOE.

A QUI
LE FAUTEUIL?

ou

REVUE MICROSCOPIQUE

DE NOS AUTEURS,

EN L'AN DE GRACE 1817.

~~~~~~

SATIRE.

L'encens fumait encore, et l'Institut en deuil,
Avec pompe entourant un fastueux cercueil,
Gravement achevait un lugubre cantique ;
Suard qu'on vit *tomber au trône académique*,
Dès long-temps étourdi par le bruit des sifflets,
Ce souverain, en butte à tant de camouflets,
Ce roi, pendant trente ans, jouet de la critique,
Oui, ce roi, que Gilbert perça de mille traits,
Dans un monde meilleur allait chercher la paix ;
Déjà les derniers sons de la cloche funèbre
Annoncent lentement à nos savans en pleurs,
Qu'il est temps de finir de si tristes honneurs :
Bientôt la scène change, adieu l'homme célébre !
Tout un peuple d'auteurs veut un autre immortel ;
Et, de par l'Institut, soudain on bat l'appel.
~~~~~~

De poëtes obscurs, d'écrivains faméliques,
Une épaisse nuée inonde ses portiques :
Que vois-je? Vous aussi...! Delrieu, Vailly, Tréneuil;
Tréneuil, toi, dont la muse énergique et sublime
Aux tombeaux de nos rois vint venger un grand crime!
Toi, Vailly, dont l'essai vaut seul plus d'un recueil,
Et, toi, Delrieu!.. Comment! toi qui rends à la France
La sombre Melpomène en toute sa puissance !..
Déjà cet écrivain qui régente à-la-fois,
Pour le bonheur public, les peuples et les rois,
Ce défenseur ardent des droits de la nature,
Ce grand réformateur des abus et des lois
Vers vous s'avance, armé d'une épaisse brochure;
Et, jaloux d'arriver avant vous au fauteuil,
Vous regarde, en passant, tous trois du coin de l'œil.
Fier de son *Avocat* (1), Roger ne veut rien dire,
Dorion à l'oubli dispute encor Palmyre (2)
Et ses plaintifs accens font gémir les échos,
M--le exhume ses vers, les vante, les admire;
A petit feu Brazier brûle tous ses rivaux;
Lablée, à son secours appelle encor sa muse,
Mais la cruelle, hélas! à ses vœux se refuse,
Et, pour l'éternité, le condamne au repos.
L'un invoque Apollon, l'autre implore Minerve;
Au nectar des Normands l'un en vain doit sa verve;
En vain l'autre, en ballon, fait voyager ses vers,
Dût un jour tout changer, tout dans cet univers,
Oui, l'on verrait plutôt la grand'ville en guinguette
Qu'Apollon en Gouffé, que Minerve en Cornette.

----

(1) L'Avocat, comédie en 3 actes et en vers, du théâtre français.

(2) Palmyre conquise, poëme.

(3)

— L'Académie est triste et jamais on n'y rit :
Guérissons-la, morbleu ! de cette maladie :
Sans avoir, grâce au ciel, dépensé trop d'esprit,
J'ai fait, avec succès, chanter la comédie,
Que faut-il donc de plus, que faut-il ? A ces mots,
L'orateur essoufflé se tait, reprend haleine,
Attendant qu'au fauteuil Lodoïska l'entraîne ; (3)
On l'entoure, on le presse, on reconnaît Loraux :
Soudain Bouilly s'avance avec sa chère Hélène, (4)
Quand Lem--tey soutient, selon tous les journaux,
Que ces vieux opéras ont endormi la France,
Prétend, sur ces auteurs, avoir la préférence,
Car les siens, dans vingt ans, seront encor nouveaux.
Des écrivains obscurs loin d'avoir la manie,
Chênedollé ne dit qu'un mot de son génie, (5)
Mais d'un livre si beau, sait-on quel est le prix ?
Ah ! de nos *momusiens*, j'entends déjà les ris.
— De loin suivant, parfois, l'auteur d'Iphigénie,
J'évoquai du tombeau le grand Démétrius,
Je fis mon Artaxerce et n'attends qu'un refus ;
Trahi par ses désirs, ainsi Delrieu s'exprime :
Tu n'es point du fauteuil héritier légitime,
Delrieu !.. laisse, crois-moi, laisse-là des honneurs,
Un héritage cher à nos pauvres auteurs.
Va, de ton siècle, ami, tu serais la merveille,
Loin de rivaliser ou Racine ou Corneille,
Tu serais de Br-fa-t fidèle imitateur,
Et le sifflet, vingt fois, de son bruit enchanteur,

---

(3) Lodoïska, opéra-comique du théâtre Feydeau, par Loraux

(4) Héléna, opéra-comique, de Feydeau, par M. Bouilly.

(5) Le Génie de l'homme, poëme, par Chênedollé.

(4)

Dans un coin du parterre, eût charmé ton oreille ;
Tu serais, je le veux, un Carion-Nisas,
Tes rimés troubleraient toute une république ; (6)
Ou bien, de Brunehaut chérissant les appas, (7)
Vingt fois l'heureux Morphée eût tenu dans ses bras
Les grands admirateurs de ta verve tragique ;
Oui, l'on devrait, enfin, à ta muse héroïque
Et Pierre et Brunehaut, Montmorency, Ninus, (8)
Tu vaudrais, à toi seul, Gille, Arlequin, Jocrisse,
Que l'Institut, mon cher, ne te rendrait justice
Qu'en vertu, sois-en sûr, d'un bon committimus.

Adieu beaux arts, adieu ! pour toujours je vous quitte.
L'intrigue tient partout la place du mérite,
S'écrie un vieux censeur qu'au nombre des élus
Nous ne verrons jamais, eût-on cent Instituts ;
Ces pauvres immortels craignent tant la satyre !
— Il est vrai, dit Ferlus, on rit de vos phrasiers,
On rit de vos jetons, messieurs les jetoniers ;
Grâce à vous, les beaux arts ont perdu leur empire.

Tout beau, censeur fâcheux ! Aurait-on pu lui dire,

---

(6) La représentation de Pierre le grand, tragédie en 5 actes et en vers de M. Carion-Nisas, occasiona, en 1804, beaucoup de tapage et de désordre à Paris.

(7) Brunehaut, tragédie de M. Aignan, jouée en 1810 ; — cet auteur, dira-t-on, est pourtant de l'académie : — sans doute, mais on se rappelle qu'il a publié une certaine traduction qui a causé un grand scandale, dans la république des lettres, par un bon nombre de vers d'emprunt : que fallait-il de plus ?.. Je viens de lire son écrit sur *la justice* et je vote pour qu'il lui soit décerné une couronne civique.

(8) Montmorency, autre tragédie de M. Carion-Nisas, jouée en 1800. — Ninus, (de M. Brifaut, l'un des rédacteurs actuels de la gazette de France) ; cette tragédie, déjà bien oubliée, a été jouée en 1813.

Combien d'hommes de goût, combien d'auteurs féconds
Vont encore briller jusque dans nos salons !
Ah ! si, dans leur mépris pour cet aréopage
Dont Piron autrefois dédaigna le suffrage,
Ces illustres auteurs, avec rage applaudis,
Idoles de l'Anglais et du Russe ébaudis,
Ne viennent point ici disputer la victoire,
De Paris, de la France en sont-ils moins la gloire ?
Avec vous, j'en conviens, on ne voit en ces lieux
Ni De Pixérécourt, ni Pain, ni Martainville,
On n'y voit point Ourry, Montperlier, Ménesville,
Ni tant d'autres encor dont les noms glorieux
Semblent faits pour former des vers harmonieux ;
Mais, qu'importe après tout, s'ils obtiennent justice ?
Héros des boulevards, n'y sont-ils pas fêtés ?...
Eh ! sans aller courir jusqu'aux Variétés,
Pourrait-on oublier cet objet de délice,
Ce poëte badin, ce maître Aliboron,
Qui, fier d'avoir chanté Comus, Anacréon,
A Voltaire, un beau jour, vint déclarer la guerre,
Devant son ennemi donna du nez en terre
Et n'en reçut pas moins un brevet de Fréron ?
Laissons le grand Berch...x avec son cimeterre.
Oublirait-on l'auteur qui, dans le madrigal,
Ne se montra jamais infidèle au distique,
Aiguisa l'épigramme et ne fit aucun mal ;
Qui, souvent harcelé par l'injuste critique,
Pour la bien divertir dépensa tout son bien,
Dépensa plus d'esprit qu'un académicien,
Plus que Mathieu Langsbert ou qu'un certain Barrême,
Que le grand Auguste Hus, que ces époux-amans (9)

____

(9) M. Delabouisse, Mad. Eléonore Delabouisse, M. Auguste

(6)

Qui savent tout rimer, tout, jusqu'à leurs sermens,
Plus enfin que Bruguière en son divin poëme ? (10)
Comment donc en douter ? La science, l'esprit,
Les arts règnent toujours malgré l'Académie,
De la gloire, chez nous, l'héritage est prescrit,
De cent oracles vains depuis long-temps on rit,
Et qui veut nous tromper est noté d'infamie.
Mais devons-nous répondre à de méchans propos ?
L'Institut, à sa porte, attire tant de sots,
Tant de petits savans, tant d'auteurs à devise,
Qui seraient mis à bout par un nescio vos !
Encore un mot pourtant : quoique Lavigne en dise, (11)
Azaïs le soutient : l'esprit et la sottise
Tout se compense, ainsi le destin l'a réglé :
Superbes ! taisez-vous, Azaïs a parlé.
Pour moi, que l'Institut s'en amuse ou s'en fâche,
Peu m'importe ; ma foi, je veux remplir ma tâche.

    Le vrai talent, toujours plus fier de sa splendeur
Que d'un titre sans gloire ou d'un frivole honneur,
N'attend point de son siècle une entière justice ;
De la fortune il sait ce que vaut un caprice,

Hus, sont tous les trois, auteurs d'un nombre infini de
vers grands ou petits.

(10) M. Bruguière (du Gard,) nous a donné, en je ne sais
combien de chants, un poëme sur Napoléon, où le bon sens,
la rime et la mesure ne se rencontrent pas toujours.

(11) Lavigne, jeune auteur, d'un talent distingué, a fait ce
vers très-heureux dans une épitre à l'Académie:

    Les sots, depuis Adam, sont en majorité..

Le grand nombre d'enthousiastes qui l'ont répté, semblait
confondre M. Azaïs, mais le systême des compensations
est fait pour prévaloir.

(7)

Malheur, malheur à lui s'il s'expose à ses coups !
Mais devant ce palais, l'objet de tant d'hommages,
Quel est ce grammairien, de nos rimeurs jaloux,
Qui, courbé sous le faix de ses nombreux ouvrages,
Vient brûler, à son tour, l'encens adulateur ?
Oui, quel mauvais génie amène cet auteur
Dans une foule obscure et de fumée avide ?
Tant d'amis du pronom se tiennent à l'écart !
J'en atteste Lequien, Regnault, Vanier, Maugard,
Ces modestes savans dont la plume timide
Nous révéla, sans bruit, le présent, le futur,
Et nous fit de leurs noms un hommage si pur.
Que vois-je? C'est Blond--! C'est cet auteur candide,
Qui, pour le positif et le comparatif,
Reçut vraiment des dieux tout au superlatif ;
Il nourrit dans son cœur l'amour de la virgule ;
Il caresse l'article avec la particule,
Et conjugue, dit-on, jusqu'à l'infinitif.
Si Domergue au fauteuil a vu Pindare en face,
Tes rudimens, Blond--! te méritaient sa place :
Mais Blond--, qui ne fit jamais l'ollibrius,
Blond-- rit dans sa barbe et ne dit que motus.
Ciel! La place est donnée et ce point m'embarrasse ;
Ah! depuis si long-temps le pauvre Urbain n'est plus !
Comment donc faire ? *ossa, tardè venientibus.*

D'un artiste savant qui peint la perspective,
Que ne puis-je emprunter le fidèle pinceau !
Non, rien n'égalerait le lointain du tableau ;
N'importe, poursuivons, ma muse est peu craintive :
A pas comptés, de loin, je vois encor venir
Une troupe d'auteurs d'une humble contenance,

(8)

Qui ne semblent avoir, malgré leur vif désir,
Qu'un courage énervé, qu'une faible espérance :
Je distingue Gens--l et Ma-r-ce et L-u-ence;
A leur tête, portant *de Gallien le trésor*,
Purgon, de l'Institut va demander l'entrée,
Avec son habit noir, sa canne à pomme d'or,
Son traité des vapeurs, sa perruque poudrée;
Mais, soit dit entre nous, doit-il être écouté ?
Des grains du docteur Frank, de l'eau de fleur d'orange,
Tel que Clystéribus, chez Chloris si vanté,
S'est-il fait le prôneur ? ou de ce goût étrange,
De ce goût qui, soudain, grâce à la Faculté,
Fit, du nord à Paris, transporter les montagnes,
Fut-il, dans nos journaux, le zélé défenseur ?
Que dis-je ? Bons maris, à vos tendres compagnes,
Pour leur amusement et pour votre bonheur,
Parfois, des chars Beaujon a-t-il prescrit l'usage?(12)
Ou, certain de guérir et la goutte et la rage,
Au désir des badauds, s'est-il vu bréveté ?
Non, quel droit a-t-il donc à l'immortalité?
Soit que l'Académie, enfin lasse de vivre,
De ses sombres ennuis veuille qu'on la délivre,
Et, comme un bienfaiteur, désire un médecin ;
De régime, en ce jour, soit que l'Institut change,
Un Purgon fera-t-il oublier Saint-U--in,
Pourra-t-il effacer Nauch-, Prad--r, Dous-in ?..
De nouveaux candidats quel bizarre mélange !
Misérable jouet de nos Anacréons,
L'un apporte, en tremblant, sa grammaire en chansons,

----

(12) Le docteur Cotterel a publié une brochure pour démontrer
l'utilité des promenades aériennes.

L'autre tient à la main ses vers sur le digeste,
Leur donne, en rougissant, un regard paternel ;
Chas se tue à rimer pour se rendre immortel, (13)
L'honnête Jacquelin l'encourage du geste ;
Contre Boileau, Chaussard compose un manifeste
Et, par chaque hémistiche, il recule d'un pas ;
Soumet, dévotement, rime vingt libéras. (14)
Voulez-vous des couplets ? oh ! L---s s'en escrime ;
On l'a vu, pour remplir l'annuaire nouveau,
A l'or de nos auteurs mêler son oripeau,
Outrager la raison, et violer la rime ;
Le voilà cheminant, le recueil sous le bras,
Et de son beau bijou, délaissé par les grâces,
Il déplore in petto les cruelles disgrâces.
Dans ce siècle où l'on fuit jusqu'au moindre embarras,
Au désir des amans, au gré de leurs maîtresses,
Par de fades chansons loin de les endormir,
Que ne publiait-il l'almanach des adresses ?
L'art de solliciter et l'art de parvenir,
Aux auteurs de leurs jours méritaient nos largesses ;
Quoi ! placés vainement dans ce groupe éloigné,
Ces hardis écrivains, amis des bons principes,
Malgré tous leurs secrets, n'auront-ils rien gagné ?
Helas ! de ces auteurs un auteur dédaigné,

---

(13) L'illustre M. Chas s'est plu à enrichir plusieurs almanachs
de ses rimes.

(14) M. Soumet a publié un poëme sur la religion, qui n'a
point encore fait oublier celui de Racine le fils, et pourtant
M. Soumet n'est point sans talent. Nous connaissons de
lui une elégie d'un style plein de grâce, et d'une sensibilité
douce ; c'est *la pauvre fille.*

Tripet vient avec *l'art d'élever les tulipes ;*
Un grammairien profond dans *l'art des participes,*
Qui fait, à si bas prix, vendre sur nos trottoirs,
Le fruit, le digne fruit de ses savantes veilles,
Se traîne sous le poids des sublimes merveilles
Dont ses demi-feuillets vont orner nos boudoirs.
Et déjà, n'en déplaise aux auteurs des grammaires,
Voire aux admirateurs de nos abécédaires,
Entre les deux rivaux choisissant à regret,
Tout Paris au fauteuil porte l'heureux Tripet.

Enfin, des candidats sans peser le mérite,
Soit que chacun caresse ou déchire un rival,
Soit qu'un espoir flatteur le soutienne ou le quitte,
L'instant du choix arrive, instant doux et fatal !
La porte s'ouvre : Dieux ! Quel élans ! Quel courage !
R-g-r à ses rivaux faisant un tour de page,
Saisit un des battans et se cramponne au seuil.
Ami de la justice et plein d'un noble orgueil,
Raynouard se prononce : — il ne faut point de grâce :
Au creuset, à son tour, j'entends que chacun passe,
Quand, d'un coup de sifflet, R-g-r passe au fauteuil.
B-u-lly n'en veut pas moins qu'on l'y porte sur l'heure,
Et de joie, avec lui, que tout l'Institut pleure.
O toi qui, dans cet art où s'illustra Thomas,
En l'honneur de Montaigne as déjà fait un pas,
Toi qui sûs enrichir ton *glaneur* littéraire
Par un mélange heureux et d'épis et de fleurs,
Jai! ne va pas penser qu'un jour, plus sûr de plaire,
Tu pourras du fauteuil savourer les douceurs ;
Non, dût même Blond--, par faveur singulière,
Remettre à l'A, B, C, l'Académie entière,

Non, Auguste Hus plutôt obtiendrait ses faveurs.

Mais, sur mon sentiment, pourrait-on se méprendre?
N'être pas des élus, est-ce un mal, à tout prendre?
Pour moi, qui veux parler, du moins, mon franc patois,
Rire de nos pédans, leur donner sur les doigts,
Aux honneurs du fauteuil plutôt que de prétendre,
Toujours uni de cœur à ce savant Danois,
Qui, vraiment *agréable et charmant dans un livre,*
D'Oldembourg à Paris est venu tout exprès,
Montrer qu'il sait *encore et converser et vivre,*
Infidèle à la langue, à l'esprit des Français,
Oubliant leurs chansons, leurs pamplhets et leurs modes,
Avec un Maltebrun j'irais aux Antipodes,
Dût-il, en nazillant, m'y débiter ses vers. (15)
Certes, j'aimerais mieux parcourir l'univers,
Faire cent fois le tour de la machine ronde
Et poursuivre, en sifflant, Vigée en l'autre monde, (16)

---

(15) **M.** Maltebrun compose des géographies, rédige des feuilletons; il sait écrire un factum, prononcer avec grâce un plaidoyer, et tourner le vers alexandrin *maraviglios*

(16) **M.** Vigée a daigné nous faire part lui-même d'un grand voyage dans l'autre monde, qu'il projetait, quand il a publié dans le Journal des Débats, cette boutade ; (c'était peu de jours après la dernière élection académique :)

> Ci-gît qui fit des vers, les fit mal, et ne put,
> Bien qu'il n'eût point d'esprit, siéger à l'Institut.

On conviendra, par politesse, que **M.** Vigée mérite assurément qu'on le croye sur sa parole en toutes choses; mais, qu'arriverait-il si, dans quelques années, la fortune le forçait de dire avec une autorité bien respectable : *omnis homo mendax?*

Que de venir b âiller dans ce maudit fauteuil,
Où, faute d'avoir su goûter certain recueil,
J'entendrais, à ma barbe, à tout moment redire,
Par quelque rimailleur, ami de la satire,
Ce qu'un certain renard disait en certain cas,
Fi donc! *Ils sont trop verds et bons pour des goujats!*

O toi, de nos dévots, fidèle messagère !
Oui, toi qui dans ta feuille, au gré de leurs désirs,
Nous prêches de Quesnel la morale sévère
Et nous livres Colnet pour nos menus plaisirs,
Tu le verras, un jour, ô reine des gazettes !
Ce phénix des bouffons et ton enfant gâté;
Tu le verras, j'en jure, en nous contant goguettes,
Obtenir le fauteuil sans faire de courbettes,
Puis, dans nos carrefours, en triomphe porté,
De calembourgs charmans payer sa royauté.
Déjà, sans crime ici ma Muse le révèle,
Instruites qu'à leur porte on prend souvent querelle,
Les quatre Facultés, par un nouveau statut,
Venant d'instituer une charge nouvelle,
De sa haute vaillance en ont fait le tribut :
Oui, Colnet va, portant les moustaches d'un suisse,
Avec sa hallebarde et prêt à dire chut,
Colnet va, dès ce soir, exercer son office
De l'antre formidable où veille la Police
Aux portes du palais où ronfle l'Institut.

FIN.

ECCÈ HOMO,

o u

C'EST MON HOMME !

A MM. LES NOUVELLISTES.

Lisez-vous d'un journal une longue colonne?
Si l'auteur enchanté gambade, papillonne,
Agite ses grelots, s'admire en son caquet;
S'il a voulu tout mordre et n'a mordu personne,
   Ah! croyez-moi, j'y mettrais mon bonnet,
     C'est-là mon homme! c'est Colnet.

A MM. LES GENS DE LETTRES,

*A l'occasion d'un certain poème en 4 chants, à
leur usage, intitulé :* L'ART DE DINER EN VILLE.

   Pour vous donner un plat de son métier,
S'agitant comme un diable au fond d'un bénitier,
   Par quatre fois, il décharge sa bile,
Et vous invite enfin tous à dîner en ville.

AUX TIMIDES AUTEURS.

On le craint, qu'a-t-il fait?.. Du bruit et voilà tout.
Les gens qu'il a tués ne sont-ils pas debout ?
Voyez l'heureux Labouisse et sa tendre compagne, (1)
   Sur l'Hélicon ils viennent tous les jours
     Roucouler leurs chastes amours,
Et le grand *Augustus* bat encor la campagne !
   En vérité, c'est un bon farfadet,
    C'est un bon diable que Colnet.

---

(1) Madame Eléonore Delabouisse avait été traitée sans aucun
égard pour son sexe dans un certain journal : M. l'abbé Félets
qui, en sa qualité de critique, ne se pique pas toujours lui-
même de galanterie, comme on sait, a cependant été ins-
titué, tout récemment, le chevalier des belles outragées ;
aussi, n'a-t-il pas balancé à rompre publiquement plus
d'une lance pour l'aimable Eléonore et à lui faire oublier
les ruades d'un grison.

www.ingramcontent.com/pod-product-compliance
Lightning Source LLC
Chambersburg PA
CBHW051450060726
47596CB00006B/2715